용수리, 슬지 않는
산호초 기억 같은

김신자

제주시 한경면 용수리 출생.
제주대학교 교육대학원 국어교육과 졸업.
2001년 제주시조 지상백일장 당선, 2004년 《열린시학》등단.
시집 『당산봉 꽃몸살』, 『난바르』, 『용수리, 슬지 않는 산호초 기억 같은』,
제주어 수필집 『그릇제도 매기독닥』, 『보리밥 곤밥 반지기밥』.
제주문인협회, 오늘의시조회의, 제주어보전회 회원

think8378@hanmail.net

용수리, 슬지 않는
산호초 기억 같은

2023년 5월 21일 초판 1쇄 발행

지은이   김신자
펴낸이   김영훈
편집   김지희
디자인   김영훈
편집부   이은아, 부건영, 강은미
펴낸곳   한그루
           제주특별자치도 제주시 복지로1길 21
           전화 064-723-7580   전송 064-753-7580
           전자우편 onetreebook@daum.net 누리방 onetreebook.com

ISBN 979-11-6867-092-1(03810)

이 책은 제주특별자치도와 제주문화예술재단의 2023년도
문화예술지원사업 후원을 받아 발간되었습니다.

값 10,000원

용수리, 슬지 않는
산호초 기억 같은

한그루
시선

김신자
시집

귀울림이 심한 날
용수리를 발음해본다
부딪히는 어머니 말, 자나미로 밀려오면
곱숨비질 건너에서
호오이 소리가 매조제기에 떠돈다
내가 누구였는지
어디에서 왔는지
어디로 가는지
태어나 죽을 때까지
바다 너머 풍경은 그렇게 모두 되돌아온다
어두운 생(生) 환히 밝힌
어머니를 통해서…

2023년 5월
김신자

차
례

제1부
_____

물숨의
기억들이
까치발로
서성이고

풀바른 구덕*

일생이 마디라서 부러질 줄 몰랐네
빳빳이 풀 먹이고 단정히 펴 바르면
두어 평 남루한 마루 알록달록 환했네

천조각 뜯어내어 상처들 덮은 무늬
상웨떡 담긴 모습이 꿈처럼 번지는 건
자식들 뒷바라지한 어머니 흔적이네

몇 번을 덧바르면 가난도 말라붙고
쥐오줌빛 얼룩들이 서성대다 멈출 때
무뚱에 졸음 한 짐을 들고 오던 겨울 햇살

* 풀바른 구덕: 대바구니가 헐어서 종이나 헝겊 따위에 풀을 발라 붙
  인 바구니. 옛날 제주 사람들의 절약 정신을 엿볼 수 있다.

살에 핀 꽃

일찍이 어머니가 헛물*에 날 데려간 건
잔잔한 푸른 바다 보라는 게 아니었다
허탕 친 물질이어도 꽃 핀다 이거였다

가난은 왜 저토록 쓸쓸한 맨살일까
물숨의 기억들이 까치발로 서성이고
달그락 수저 놓는 소리 허공을 내려온다

물굿소리 스며든 가까운 얕은 물창
어머니 살꽃** 보다 놀란 그 눈알고둥
둥글고 모진 가난을 몇 바퀴나 굴렸을까

이런 삶 기어서라도 어떻게든 살아보려
일찍이 어머니가 헛물에 날 데려간 건
싸락눈 쏟아지는 날 살꽃을 보라 이거였다

* 헛물: 해녀들이 막연히 소라, 전복 등을 캐는 작업. 우뭇가사리라든
  가 톳 따위의 특정 해조류를 일정 기간에 때맞추어 캐는 경우와는
  달리 그 소득이 보장되지 않고 헛될 수도 있으므로 '헛물'이라 한다.
** 살꽃: 해녀들이 바다에서 나와 추운데 불을 쬐다 보면 온몸에는 울
  긋불긋 붉은 기미가 잔뜩 끼고, 핏줄이 일어나는 것을 '살에 꽃 피
  었다'고 말한다.

어머니는 로열층에 삽니다

쓸쓸한 그 길에선 누구라도 손 내밉니다

어머니는 죽고 나서야 로열층에 삽니다 나무들도 보이고 팔십 평생 겹겹이 써 내려간 푸른 바다도 보이고 가끔씩 외롭지 말라고 새들도 찾아와 나 대신 말벗도 해주고 가는 로열층이지요 오늘은 어머니가 생각나서 가속 페달을 밟습니다 양지공원에 찾아온 새들과 맑은 구름 한 점마저 고맙기까지 합니다 속울음 들키지 않으려고 사다리 타고 올라가 말 없는 말로 오래된 안부 같은 사진 보며 쓰다듬어 봅니다 어머니 용서하세요 당신 외로울 때 자식들 뒷짐 지고 먼 산 바라볼 때도 괜찮다 세상은 돈이 전부가 아니다 모이고 흩어지는 것들이 알고 보면 전부 한 염주에 꿰어진 것과 같다고 했지요

어머니 멀미 나던 일생이 울다가 웃습니다

16

벳바른 궤에 백서향 피어난다

무자년 그늘 속에 피어난 꽃을 본다
숨골 안 멈춰버린 심장 하나 살리려고
흰 머리 휘휘 날리며 곶자왈에 버티네

보고픈 가족 얼굴 눈부처로 새겨놓고
속심ᄒ라 속심ᄒ라 애타는 손짓으로
아찔한 가시낭 틈에 짙은 향 터트리네

밥 한술 넘겼던 일
쉬 마르지 않았네
갇혔던 영혼들이 울어대는 초봄쯤
저지리 벳바른 궤*에 백서향 피어난다

* 벳바른 궤: 제주시 한경면 저지리 4·3 유적 곶자왈

마누라

마누라,

이놈의 마누라

낮잡아 부르지 마라

한때는

이내 몸도 왕실의 일가였거늘

백년 전

대비 마노라*,

몰라보고 설치네

* 마누라는 조선시대에 '대비 마노라', '대전 마노라'처럼 마마와 같이
  쓰이던 극존칭어

그 폭낭 아래

놀이의 근원지가 어디인지 알았다
마당은 너무 좁고 무엇과도 닿지 않아
철없는 나를 업고서 옛집과 살아갔지

중심이 된다는 건 누군가 기대는 곳
겨울날 코흘리개들 비석치기 모여들면
시멘트 덧댄 몸으로 모진 세월 버텼지

바쁜디 뭣허레 와시니
반가움도 죄만 같던
당신의 목소리가 유언처럼 전해오며
한 생이 다 흘러가도 어머니로 서 있다

용수리 거욱대*

배냇냄새 그리울 땐 화성물 찾아간다
모나고 거친 돌이 몇백 년 버티면서
비명도 절규도 없이
우두커니 서 있다

노략질 바다에서 내몰리고 쫓긴 날들
우금 하나 쇠솥 하나 탑 속에 묻으면서
만선의 제사상 위로
표류기를 다시 쓰네

그 여름 태풍일까 자연의 신비일까
사납던 매부리는 세월에 깎여지고
얼굴엔 소금꽃 몇 점
하얗게 피어 있다

이 세상 누구인들 바란 대로만 살아가랴
빌엄수다 빌엄수다 밤새워 기도하던
어머니 따라나선 길
대물림으로 서 있네

* 거욱대: 용수리 바닷가에 있는 방사탑 2호로 마을의 재앙을 막기 위
하여 둥글게 쌓아 올린 돌탑이다. '화성물' 가까이에 있는 탑이라 해
서 '화성물탑', '화성물담'이라고 불리며, '답, 답단이, 답데, 거욱, 거
욱대, 가마귀동산, 매조재기탑(매조제기)' 등으로 부르기도 한다.

사진 한 장

햇살이 비듬처럼 내리는 어느 오후
오설록 녹차밭이 꽃양산에 번지면
수줍게 웃는 어머니
송이송이 날린다

그 옆에 명순 삼촌
그 앞엔 희정 삼촌
부녀회 도일주에 깔 맞춤한 사촌동서들
반짝이 분홍 잠바가 뭇별처럼 빛난다

벚꽃잎 흩날리듯 내리는 이야기들
저쪽 생 되돌아와 지피는 온기 같다
어머닌 간 게 아니라
이렇게 자꾸 온다

산자고

거친 들 내리막길
먼바다 바라보며
잡초 틈을 비집고
애잔히 또 피었네
백합과 다년생 초본
소녀 같은 들풀꽃

누굴까
눌러 감춘
억하심정 있는 듯
보고파 애태우며
길게 뻗은 줄기 끝
산자의 날고백 같은
여섯 잎 희붉은 꽃

고향집

어머니 그리워서 늦은 밤 찾아갔네
환하게 불이 켜져
혹시나 하는 마음
어머니!
나도 모르게
큰 소리로 불렀네

이사 온 낯선 남자 누구냐고 물었네
문뚱에 손때 묻은 유모차도 없어지고
못 보던
신발 몇 켤레
제집이라 버텼네

툇마루 바라보며 만조가 된 서운함
우리집이 아닌데
나 어쩌란 말인가
내 고향
내 영혼의 집
내 꿈 살고 있는 집

소도리질*

낯선 곳 서성이는 이야기 불러 모아
허구의 세상 속에 빠져드는 여편네들
한가득 채워놓고서
다른 세상 또 찾네

메뉴는 삼신할망 자청비 영등할망
갖은 푸념 덧붙여 탄생하는 스토리텔링
일곱 살 아기업게가
힐긋힐긋 엿듣네

* 소도리질: 남의 말을 이리저리 소문을 퍼뜨리는 일

동백

투욱 툭 떨어지는
동백꽃 저 꽃송이

이제는 가자 하며
저 벌건 눈물방울

그렇지
나도 꽃이지
가야 할 때 됐나 봐

어쩌랴
가지 끝 부여잡은
내 붉은 맘

하늘도 피었다 지고
당신도 간다는데

한 송이
동백 송이는
피고 나면 지는 법

계획

친구가 일 그만두고 세계일주 간다 했다
프랑스 이탈리아 그리스 루마니아
자신의 일 년 계획을 멋지게 자랑했다

그 순간 부러웠다 그리고 부끄러웠다
난 요즘 시 한 편을 더 쓰고 다듬어서
내년쯤 시집 한 권을 계획하고 있는데

아 참 그렇지
내 계획도 멋진 것 있지
맑은 하늘, 어머니, 순비기꽃, 금등화
용수리 물마루 위에 도렷한 추억도 있지

동치미

국물이 우러났다 어머니 손맛이다
첫눈 밟는 소리처럼 씹으면 아삭아삭
언제나 어린 것들을 그느르는 향이다

어머니는 내 안에 그윽이 우러난다
한가득 품고 있는 그 정성 내리사랑
동치미 항아리 가득 끌끌히 익혀내듯

따뜻한 방에 앉아 고구마 곁들인 맛
도란도란 주고받는 가난도 행복했다
가슴이 뻥뻥 뚫리던 그런 날이 또 올까

제2부

곱숨비질
건너에서

해녀할망

아직도 슬지 않는 산호초 기억 같다

절대로 난 안 죽을 거야 팔십다섯까지는 물에 들고
싶다던 해녀할망 물일이 마음먹은 대로 안 되었던
가 눈발이 세차게 퍼붓던 어느 겨울날 테왁만 바다
에 둥둥 떠다녔다 어서 물 위로 올라오세요 목숨줄
테왁도 없이 어느 바다를 헤매시나요 테왁 주인 찾
으러 거센 바다를 샅샅이 뒤졌지만 그 간절함은 먹
빛 되어 돌아왔다
다시 잔잔한 바다는 수런거렸다
아이고, 우리 할망 올라와서 참 착ᄒ다
이 사람 저 사람 고생시키지 않으려고 이렇게 올라
왔구나
바다는 다시 물알로 물알로 외치고
돌고래 같은 설움만 휘몰이로 감겨진 해녀할망

끝끝내 손 놓지 못한 마지막 미역 한 줌

33

영정사진

아무도 내 일생을
살다가 올게, 하고
온 이는 하나도 없네
어머니도 그랬네
어제의 슬픈 이별도
추억일 뿐이라 하네

왜 이 속에 있는지
말해주진 않아도
외로운 표정으로
가만가만 보시네
어머니,
네모난 이 집에서
떠나시면 안 돼요

오징어 말리는 시간

내 삶은
거친 물살 지나간 물밑이다
빨랫줄에 켜켜이
배어 나온 소금기는
조금씩
빠져나갈 뿐
억하심정 하나 없네

인생은 바다였다
망망한 순간 여행
울고 웃는 인간사 미련이야 없으랴만
한 번쯤
기억상실증에
걸리고도 싶었다

나도
메말라가는 연체동물 같았다
꿈 하나 사랑 하나
혼신으로 찾다가

자구내 가을바람에

추억마저 비운다

스미다

참깨가 일렬종대로 세워진 길가에

풍뎅이 뒤뚱뒤뚱 그의 생애 끌고 간다

차귀도 붉은 노을이 꾸역꾸역 스민다

내 유년이 따라간다 주춤주춤 따라간다

오곡백과 같던 꿈 질질질 끌려간다

수월봉 늙은 엉알로 스멀스멀 스민다

제주해녀·1

숨비소리 한 구절

물 위에 뿌려두고

또다시

물 아래 침묵

빗창이 깨뜨린다

끈질긴

참전복 하나

곱숨비질* 하라네

* 곱숨비질: 해녀가 바닷속에서 힘든 해산물을 채취할 때 숨이 부족하
  여 물 위로 얼른 나와 숨을 내쉰 뒤 다시 물속으로 들어가는 물질

제주해녀 · 2

살다가 흔들릴 때

기대고 싶은 바다

저 밑바닥 왕복길

물속 생을 알던 날

그랬지, 너는 열다섯

그래 나는 열일곱

제주해녀 • 3

부르튼 굵은 손
짓무른 무감각에도

물에 들고 온 날은
아픈 몸이 낫는다

바다가
살아 있으니
제 몸도 출렁출렁

제주해녀 · 4

늘비하게 벌여놓고

바다가 봄을 판다

우영팟 한 마지기 산

미역귀의 새 농사

어머니 질긴 물구덕

오일장을 향한다

제주해녀 · 5

뇌선 한 포
털어 삼킨
이승꽃 잠수한다

물살과 한 몸 되는
꽃잎의 항곱사기

찰나에,
적울음*으로
뚝뚝 지는 관절통

* 적울음: '적'이 울다는 말이다. 깊은 바닷속에 들어갔을 때, 물속에서
  '뚝뚝' 하는 소리가 나다.

제주해녀 · 6

생전복 껍데기도

빛나는 용수바다

저 홀로 길을 내며

물창에 다다르니

한겨울

가슴 덥히는

본조갱이 저 광채

제주해녀 · 7

생은 늘 쳇바퀴 속

그 끝을 잊고 산다

상처가 덧나는 건

애써 잊고 산다는 것

굴곡진 상군해녀는

내공이 들앉았네

제주해녀 · 8

어머니 살과 뼈로

테왁은 둥둥 운다

버릴까 내려놓을까

끝끝내

못 놓는 바다

점점 더 길둥글어지는

호오이 숨비소리

제주해녀 • 9

꿈인 듯 감장돌던
청춘이 흘러갔다

물 위에
둥실둥실
허기진 미망사리

아직도
이팔청춘인
큰눈*만 쳐다본다

* 큰눈: 주로 해녀들이 물질을 할 때 물속을 들여다보는 둥그렇고 큼
  지막하게 만들어진 물안경

제주해녀 · 10

또다시 물질 가면
양로원 데려간대
며느리 아들 손자
아무리 협박해도
바다에 물질 안 가면
사는 것 같지 않아

양로원에 가느니
물할망 만나러 간다
호오이 날숨소리
넙미역에 둘러감고
먼 길로
날 데려다줄
용수바다 물할망

제3부

당신이
내게 오는 길도
섬비질로 오세요

당신이 내게 오는 길도 섬비질로 오세요

당신께 가는 길은 섬비질로 갈게요

대나무 사락사락 흔들리는 시월이면 벵디밧 걸었
던 그 길을 기억한다 뚜벅뚜벅 저 혼자 걸었던 길
댓잎이 나에게 길들여질수록 내 등엔 몽글몽글 땀
방울이 매달렸다 삶은 늘 이렇게 매달리듯 외로움
을 견디는 것 사락사락 온 밭을 돌고 돌며 고르지
못한 노면이 가끔 내 심장을 툭툭 쳐 내도 뚜벅뚜벅
걸었다 느슨한 것들이 다져질수록 강렬한 발아를
생각하며 반반한 나의 꿈도 꾸었다 혼자 하는 섬비
질 정말 아무것도 아니었다 끌게 잡고 걸었던 울퉁
불퉁 그 시간들 티눈처럼 아물어서 보리가 내 허기
를 채워주는 잘 여문 밥알로 돌아왔다

바쁠 게 뭐가 있나 눈치 볼 게 뭐가 있나 약삭빠르
게 잇속 챙기는 것 없이 느릿느릿 되새김질하며 끌
다 보니 우직한 소가 되어있던 길

당신이 내게 오는 길도 섬비질*로 오세요

* 섬비질: 뿌린 씨를 묻고, 길쭉길쭉한 잎나무를 수없이 함께 엮어 부
채 모양으로 만든 연장으로 밭이랑을 고르는 일

주파수

내 방엔 매일 듣는 라디오 있습니다
밤 열시만 넘으면
어김없이 노크하는
몸 낮춘 세상 소요를 꿈결에서 듣지요

정해진 채널 외엔 관심이 없습니다
절로 절로 드나드는
놓아버린 마음처럼
늦도록 흔들림 없이 다가오는 주파수

주파수 그 건너에 슬픔이 있습니다
아련한 내 잠결 속
눈물이 스며들어
날마다 무명 베갯잇 얼룩져 있습니다

생각의 차이

만 원을 훌쩍 넘기는
점심 한 끼 먹는 사람
만 원쯤에 팔리는 시집을 보고 나서
책값이 너무 비싸다 아깝다고 말하네

무슨 말 늘어놓는지 시인만 중얼중얼
만 원 한 장 아깝겠네 초라한 시집 한 권
요즈음 입맛 돋우는 먹는 것만 하랴만

사람아,
사서 먹는 바닐라 라떼 한 잔
한 끼만 배부르는 포만감을 주지만
나 때는 시집 한 권이 인생을 바꿨다네

스마트폰

스마트폰 검색하면 뭐든지 다 나온다
내 인생 스마트하게 편한 세상 사는데
두뇌는 날이 갈수록
왜 이리 탁해지나

옛날엔 사람들이 전화번호 물으면
거뜬히 답해주고 교환이라 불렸는데
지금은 딸 전화번호도 못 외우며 산다네

스마트, 네가 뭔데 내 기억 다 삼키나
어떡하면 좋을까 어떻게 날 찾을까
단박에 대답하는 말,
당신을 검색하세요

당산봉 뻐꾸기

당산봉 뻐꾸기는 거짓말 않습니다
때까치 휘파람새 멧비둘기 꾀꼬리
아늑한 누구의 집도 들어가지 않지요

당산봉 뻐꾸기는 울지를 않습니다
뻐꾹뻐꾹 뻑뻐꾹 뻐꾹뻐꾹 뻑뻐꾹
숲 밖에 살고 있는 님 부르기만 합니다

당산봉 뻐꾸기는 내 안에서 삽니다
갈 수 없어 보고파 불러보는 뻑뻐꾹
외로운 산벽 메아리 되돌리며 삽니다

기다림의 절부암도 가파른 생이기정도
숨어서 짝 부르는 뻐꾹뻐꾹 소리에
수평선 먼먼 끝자락 슬몃 훔쳐봅니다

소가죽 허리띠

농로를 걸을 때면
가끔씩 생각난다
살아서 코뚜레 생, 죽어서는 허리띠로
일상이 말뚝처럼 박혀 채찍질로 살았던

소가 죽어 가던 날
아버진 음매 음매
소주병 하나 들고 갈지자로 걸어와
큰 눈을 품어 안으며 소처럼 울어댔지

가죽에 허리띠 같은
질긴 인연 내놓고
살 보시 가죽 보시 극락에나 들었을까
외양간 송아지 울음, 내 귀에서 나온다

배추씨, 포기하다

선생님, 힘들어요
이번 수능 포기할래요
뭐라고?
포기란 말이 그렇게 쉽게 나와?
포기는 배추 셀 때만 하는 거야 녀석아

이것저것 줄줄이
가격이 폭등세에
풍성한 초록머리
비워낸 듯 하얘지고
김포족, 배추씨마저 사 먹는 게 선수지

차귀도 가을

부여잡은 갯바위
더 더 더 조금만 더,
바다도 가을이 들면 섬 위로 올라선다
어느새 하얘진 머리
바람결에 일렁이며

봄청춘도 한때요
가을엔 기운다는 말
섬 속의 섬 차귀도 제 몸에다 써낸다
머리칼 바람 그리듯
내 님 닮은 저 소묘

그 인생 바쁜 와중
탐라문화제 다녀왔나
군중을 감아돌리는 상모놀이 배운 듯
가을엔 떠나지 말라는
휘몰이 저 억새숲

홍옥

가슴만 콩닥콩닥 그대 집 서성이며
무심코 서로 꼭 쥔 양손만 안절부절
첫사랑 덩그러니 달려
점점 더 붉어갔네

초가을 산들바람 소리없이 다가와
아이고 이 불쌍한 년, 폭 보듬고 하는 말
이렇게 매달렸다가 떨어지면 어쩌나

첫사랑은 다 익어도
떨어지지 않아요
꿈결에도 끝끝내
매달려 있거든요
저렇게 붉게 물들어 애간장만 태워요

질그렝이

비키며
들어서며
나앉으며
물러서도

세상사 그 자리를
바꾸며 다 주어도

한사코
그리운 것들
질그렝이* 남아있네

* 질그렝이: 끈질기게 매달려 있는 모양

쓸쓸한 밤

단풍잎 하나 슬며시
손 놓고 떨어집니다
수직 향한 낙하지만 바람이 데려갑니다
가로등
눈 부릅뜨고
길을 밝혀 줍니다

수많은 잠이 들어선 조용한 밤입니다
코로나도 지금쯤
사람을 찾다 지쳐
원노형 노래방 앞에
졸고 있을 깊은 밤

내 안에 만발했던
이 가을 내 구절초
남루한 몸짓으로 서서히 눕습니다
별 하나
쓸쓸했던가
산 너머로 갑니다

새벽, 클린하우스에서

종량제 봉투 가득 어지러운 쓰레기
한가닥 미련 없이 통 속에 처넣는다
포만한 쓰레기통이 총총 하늘 보는데

머리 가득 내린 서리에 주름 가득한 노인
리어카 앞에 두고 남은 인생 줍고 있다
한평생 그리 날라도
채 못 나른 삶이 있나

활처럼 굽은 허리로
종이 상자 다듬는
노인의 비닐장갑 등에 앉은 별들이
가야 할
시간인데도
길 떠나질 못한다

잎새

잠일까
꿈길일까
은유의 안색으로
저녁해 붉은 노을 한여름 챙기더니
잎맥에 얽혀져 가던
아득히 먼 이 잠길

나 갈게,
어느 아침
그대의 먼 길 선언
눈시울 붉어지며
아려오는 내 가슴
이렇게,
내게 왔던 님
길 떠나는 가을날

중년의 자세

내가 언제 중년 됐나
아직은 새파란데
니들이 뭘 안다고
떠들어 다니냐며
주책도 왕주책으로
철없이 살아왔네

뼈 없는 세 치 혀가
사람을 잡는 세상
나 또한 한마디를
보태며 살아왔네
침묵이
내 뒤통수를
노려보고 있는데

제4부

항굽사는
인생사

용수리 순비기꽃

슬며시 피었다고 나무라지 마세요
이 가지 하얀 꽃은 태풍 만난 지아비
꽃상여 머리에 이고 울며 가던 꽃입니다

큰 가지 박하게 핀 진보라색 꽃잎은
숨비소리 뿌리고 들어간 깊은 물속
참전복 따낸 지어미 뿌듯한 웃음입니다

바닷물 발 담그고 먼바다 바라보다
수평선에 나타난 황포돛 깃발 보며
삽시에 입가로 번진 고운 웃음입니다

갯가에 우두커니 퍼더앉은 지아비와
기다란 숨비소리로 저승길 오고가는
지어미 둥실한 테왁 흔들던 가슴입니다

어설피 피었다고 나무라지 마세요
당산봉 등에 이고 맘 졸이는 용수리
날마다 섧고 그리운 아픈 눈물입니다

빈손

작대기로 탁탁탁
털어내는 어머니
쭉정이 이리저리
흩어지던 시간 앞에
손안에 참깨 뭇들도
기꺼이 함께 했네

곰방메 섭골갱이
소라 보말 날미역
뜨인 눈 한순간도
손을 놓지 않았네
어느 날
다 놓아두고
저 건너에 간 빈손

약국에서

처방전 받아들고 들어선 동네약국
사람들 입에 달려 줄 서는 약이름들
편두통 귓속 울리며
열차처럼 지나가네

"아이고, 나이 드난 하간디 아프우다"
서로 간 안부를 묻는 별별한 병명들
어느새 쌓인 말들은
반 의사가 돼가네

용수리 소고^(小考)

단발머리 소녀가 넓미역을 따던 곳
그 건너 성창동네
긴머리 땋은 숙자
캄캄한 콘크리트 속으로 하나둘 묻혀가네

절부암 열녀마을 굽이돌아 저 차귀도
용마저 떠날 것 같은 한숨을 푹푹 쉬고
찔레꽃
눈물 날리는
아버지의 당산봉

용수포구 접한 땅
급매물로 팝니다
힐긋힐긋 눈치보는
감정가와 낙찰가
어쩌나,
내 소녀의 눈
용수리가 팔려가네

제주해녀 · 11

한평생 항해라야
발동선 하나였네

자나미* 뒤로 하고
물 말아 밥 한 숟갈

난바르
뱃길 물결은
해녀노래 추임새

상군해녀 오천 원 중군해녀 사천 원
물어멍** 무섭다고 안 든다던 하군해녀
삼천 원 뱃삯을 내고
항굽사는 인생사

* 자나미: 제주시 한경면 용수 쪽에서의 동남풍으로 감돌아 부는 바람
** 물어멍: 해녀들이 물질할 때 물속에서 만난다는 유령의 하나

제주해녀 · 12

해안가 여자들은
누가 팔자를 주나

이승과 저승 사이
숨 쉬고 숨 멎는 일

밑바닥 삶이라 했나
손 반기는 수심 끝

제주해녀 · 13

바다도 길목 있어

목 좋은 곳이 있어

고려시대 설치된

열두 목 중 탐라는

개똥밭 숨비소리로

허기 가득 채웠네

제주해녀 · 14

아들은
중학교 거쳐
고등학교 보내고

딸들은 어쩌다가
초등학교 가는 거지

세상사
이치를 배운 건
학교 아닌 바다랬지

제주해녀 · 15

물질 없는 날 해녀들은
밭에서 품을 판다
해녀만큼 독한 이는
어디도 없을 거야
각시가
제일 겁난다는
지삿개 성환이 삼춘

살기가 편했으면
억척을 부렸을까
물일이 생각대로
호락호락하던가
나에게
맡겨진 물숨
전사처럼 사는데

제주해녀 · 16

항곱산 뒤꿈치를
찬찬히 바라보며
망사리는 헤벌쭉
배고픈 입 벌리고

두둥실
나이롱 테왁
울렁증을 버티네

용왕님 품은 물건
훔쳐 나올 때마다
노여움 없으시라
언제나 싱싱하라

걸머진
젊음 한 짐씩
부려두고 온다네

제주해녀 · 17

숨을 오래 참다가
못 버텨 올라온다
뼈가 쑥 빠져가고
하늘이 노래진다
바다 밑
다시마 틈에
왕전복 붙었는데

두통이 몰려들고
정신이 아뜩해도
희뿌연 뇌선 봉지
해녀의 만병통치
다시마
넓은 팔 벌려
빗창을 기다린다

제주해녀 · 18

줌녀 아긴
사을이민
글체에 눅져 물질흔다

자기 한 몸
못 챙기고
미역 널 듯
삶을 펴면

검은여
개밥바라기
운명처럼 빛난다

제주해녀 · 19

비운 숨 또 마시고 드는
해녀의 발끝 보며
차츰 더 외로워지는
가을가지 순비기
통통배
가난 가득 싣고
비워내려 떠난다

싸늘한 갈바람이
물결을 할퀴어도
곤두서서 숨 참는
간조의 깊은 물속
누구랴
저 물창 바쁜 손
눈물꽃 피고 진다

제주해녀·20

내 목숨이 나올 땐
가장 어린 나이였지
이제는 나이 많은
노인이 돼 버렸어
이상해, 세월이란 게
하룻밤 꿈만 같아

여든다섯 때까진
살고 싶던 그 삼촌
일선 해녀 노해녀
여든두 살 이른 봄에
꽃테왁
바다에 두고
먼길을 떠나셨네

제5부

밑줄 긋는
어느 오후

선흘리 불칸낭

무자년 화마 속에 마을을 지키느라
몸 절반 타들어가는 고통을 버텨내고
또다시 파란 잎으로 선흘리를 살렸네

집 떠난 사람들이 돌아오길 기다리며
밑동이 숯이 된 채 꿋꿋이 서 있었네
바람이 지날 때마다 숨을 불어 넣은 듯

허기진 그 등골에 그을린 몸을 본다
불칸낭, 불카분 낭 불서러운 그 이름
기억을 푸르게 펼친 한 그루 후박나무

팽나무 씨앗들이 불 칸 자리 날아들어
공생의 그 온기가 살포시 느껴질 때
움푹 팬 불카분 낭*에 멧비둘기 날아드네

* 불카분 낭: 43사건 당시, 제주시 조천읍 선흘리 마을이 초토화되면
서 가옥이 불에 탈 때 같이 타서 숯이 된 나무가 그 후에 싹이 나고
다시 살아남.

색깔 공부

흰 눈 가득 내렸다
까마귀 떼 앉았다

하얀색 검정색
내 부족한
미술 실력

드디어
오늘 알았다
그 사람의 색깔을

월급

바닥난 향수,
월급 받고 조말론으로 사야지
거울 속 그녀에게
윙크로 약속했네
입 벌린 빙그레 미소
거울을 뛰쳐나왔네

월급날 365기계
통장 넣고 밥 짓는 소리
쾌속으로 밥통 속 드륵드륵 돌려 삶네
보험료 자동차 할부금 자동이체 정기적금

맨 끝에 초라한 잔액 힐끔힐끔 쳐다보네
허공에 흩뿌리며 조말론,
입 비쭉 웃네
거울로 슬쩍 돌아가
낯빛 바꾼 저 썩소

불미쟁이*

팔자대로 산다는 말 괜한 말 아니었네
서울대 졸업해서 대기업에 잘 다니다
어느 날 사표를 내고
돌아온 승태 삼촌

쇠붙이 달구는 날
그의 생도 꼿꼿하다
숙련된 풀무질로
오일장을 품어 안고
담금질
울음소리가
꽃불을 피우던 밤

쇳가루 이리저리 날리는 운명 앞에
장인의 거친 손길
삼대째 이어가며
무뎌져 녹이 슨 삶을 소신하듯 벼린다

* 불미쟁이: 대장장이

척

척 척 척 살아간다
쿨한 척 행복한 척
눈보라 속 털머위꽃처럼
예쁜 척 안 추운 척
입술을 앙다문 채로
척 척 척 살아간다

불지르며 지는 해
서서히 밀려든다
하루야 늘 가지만 내일은 또 오니까
해 봐야 일상일 뿐이지
내 황혼은 없는 척

연락선에 나를 싣고
물 건너 떠난 사람
물마루를 보면서도 잊은 척 모르는 척
늦게 핀 당산봉 기슭
해국만 날 아는 척

하이힐

높으면 잘 보일까 내 눈도 굽 높혔네
야생마 같은 나도 다소곳이 걷게 하고
뒤꿈치 아린 걸음에
내 꿈도 휘청였지

또각또각 굽길 따라 아련한 그대 생각
또각또각 한숨 따라 울고픈 세상살이
하이힐 기대치 시력
별 볼 일이 없더라

낮으면 잘 보일까 내 눈도 굽 낮췄네
젊은 날 자주 신던 굽 높던 자존심은
쉰 넘은 중년이 되어
운동화로 가벼워졌네

수국

잎 넓고 둥근 마음
흐드러지게 피었네
제 가슴 침묵의 소리
숨김없이 꺼냈네
내 청춘
가다 돌아와
그 꽃잎에 머무네

당신은 어진 사람
화낼 줄 모르는 사람
가시 돋친 세상사
꽃으로 품어 안고
온몸에
사랑 고백이
박혀 있는 그 침묵

자벌레

세상 가늠 못 하는
내 인생 재러 왔나
짧아도 내 것이고 길어도 내 것인데
무작정 호기심 하나로
살아가는 미물인가

늦은 밤, 자벌레가 주방에 나타났다
3층인 우리집에 어떻게 올라왔나
시커먼 내 속을 재려
배추잎에 숨어왔나

그 이름 어울리는
유능한 측량사지
벽에 새긴 따오기
송곳 부리 재어본다
한 치의 착오도 없이 한 가닥 겹도 없이

누군가의 허물을 가늠하다
확 피어난
그리움 내 꽃다지
커 가는 거 재보고
어쩌다
남편과 나 사이
권태기도 재보네

시 쓰는 밤

호두까기 인형된
시가 발레를 한다
발가락에 모아논
온몸을 운전하듯
옆걸음 소라게처럼
앞으로 못 나간다

시상(詩想)은 앞에 있고
글걸음은 게걸음
읽어 보니 잡탕이고 상념만 어지럽다
제기랄, 오늘 밤에는 시를 덮고 손 놓자

옷무덤

입던 옷 물려주면
해지고 작을 때까지
한평생 되물림으로 돌며 입던 유년 시절
패션은 듣도 보도 못하고
입는 걸로 만족했지

이즈막 공원 앞에 트럭을 세워 놓고
버려진 의류함에 가득한 옷가지들
누군가 흥얼거리며 포대기에 담지만

동남아 뒤덮은 산 한국 옷 쓰레기산
수출된 낡은 의류 임자 없어 죽은 옷
수질만 오염시키는 공공의 적 돼버렸네

인력사무소 앞

오일장 신문지에
눈길이 모여든다
반으로 접었다가 폈다가 반복하며
볼펜을 꺼내 들고서
밑줄 긋는 어느 오후

부동산 구인 광고
시선을 집중하며
집값은 고공 행진
애꿎은 헛웃음만
그래도
처자식 생각하는
아버지란 그 이름

국화빵

해마다 이맘때쯤 농협 앞에 차린다
오고 가는 사람들 발걸음 멈춰서고
익숙한 손놀림으로 구워내는 국화빵

국화빵 가리키며 얼마예요 물으면
농아인 대답 대신 브이자로 눈맞춘다
머금은 미소 뒤편에
젖어드는 늦가을

만개된 송이송이 빠르게 뒤집다가
여섯 송이 꺼내어 종이봉지에 싸 주면
앞다퉈 익은 늦가을
국화향이 번진다

붉은 우체통

나도 그 언젠가는
인기가 많았다우
이메일 편리해서
손편지 없어지니
쓸쓸한 바람자락만
다녀가곤 하지만

지나가는 사람들
뒷모습 바라보면
어느 날 피어났던
첫사랑 다시 오네
지금쯤
어느 곳에서
가을로 익었겠다

손편지 쓰고프다
뭉클뭉클 피던 사랑
시시콜콜 쓰면서
잘 있지 묻고 싶다
아직도
그때 그 눈빛
길섶 붉은 우체통

굴뚝새, 날아들다

창문에 반사되는
나를 닮은 굴뚝새
혼란한 몸짓으로
유리창에 부딪힌다
허공을 푸드덕거리네
탈출구를 못 찾네

삐죽이 삐져나온
새까만 발가락이
베란다에 붙은 햇살
한 점씩 떼고 있네
내 일상
밖에서 나를
지켜보는 또 다른 눈

'끈질김'과
'비움'의 교차점

송상(시인)

'끈질김'과 '비움'의
교차점

송 상(시인)

　'용수리'는 제주시 한경면 '신창리' 포구와 고산리
'자구내' 포구 사이에 있는, 김신자 시인이 나고 자
란 작은 마을이다. 이곳 파도는 청록빛의 군무를
등에 업고, 해녀들의 숨비소리를 잘게 부수며 밀려
온다. 시인은 이러한 바다 풍경이 어두운 생을 밝
힌 어머니를 통해서 유전자의 한 형질로 제 몸에
들어 앉아 있다고 말한다. 시집 표제를 『용수리,
슬지 않는 산호초 기억 같은』이라고 선보인 것으
로 짐작이 가능하다. 고향 속 어머니가 일상의 기
억과 달리 차차 희미해지는 일은 결단코 없을 것이
라며 긴장감을 곧추세우고 있다. 기억을 잊는 것
은 자신의 존재성을 부정하는 것이라 여기고 있기
때문이다.

　그럼에도 '슬지 않는'은 '슬지'일 수도 있다. 사실
은 시인이 오랫동안 삶 속에서 미세하게나마 어머

니에 대한 기억의 균열이 깊어져 감을 느끼고 있지 않았을까. 그래서 속상한 것이다. 어머니에 대한 독백을 의식반응으로 털어놓지 않고서는 견디기가 힘든 것이다. 시집 대부분의 방들을 김신자 시인과 어머니가 관련된 내적 진실로 채워놓은 것이 이 때문이 아닐까 미루어 본다.

1. 시점_살꽃

누구나 삶의 한계성에서 벗어날 수 없다. 이것에 주목하여 한계를 기회로 받아들이는 지점을 시점이라 한다. 이 시점을 통해서 우리는 자신을 다시 보고, 세상을 달리 보게 된다. 이러한 시점의 확산적 들여다봄을 시야라고 부른다. 시야의 깊이와 넓이가 확산될수록 기존의 길에서 벗어나 새로운 길을 지향하게 된다. 늘 사모곡을 읊조리며 사는 듯한 시인에게 이 시집의 시점은 어머니가 동파에 피워낸 '살꽃'에 시선을 꽂는 순간이었다.

일찍이 어머니가 헛물에 날 데려간 건
잔잔한 푸른 바다 보라는 게 아니었다
허탕 친 물질이어도 꽃 핀다 이거였다

가난은 왜 저토록 쓸쓸한 맨살일까
물숨의 기억들이 까치발로 서성이고
달그락 수저 놓는 소리 허공을 내려온다

물굿소리 스며든 가까운 얕은 물창
어머니 살꽃 보다 놀란 그 눈알고둥
둥글고 모진 가난을 몇 바퀴나 굴렸을까

이런 삶 기어서라도 어떻게든 살아보려
일찍이 어머니가 헛물에 날 데려간 건
싸락눈 쏟아지는 날 살꽃을 보라 이거였다

　　　　　　　　　　　　-「살에 핀 꽃」 전문

　　어머니가 헛물에 시인을 데려간 건 어떤 이유에서
일까. 다분히 의도적 행위이다. 월급쟁이처럼 따박
따박 보장된 소득이 아닌 고단한 삶, 물질 후 해녀들
이 바다에서 나와 추운데 불을 쬐다 보면 온몸에는
울긋불긋 붉은 기미가 잔뜩 끼고 핏줄이 일어나는
'살꽃'의 의미를 짚어주려는 것이다. 딸에게만은 지
독한 살꽃의 고단함을 내리지 않겠다는 강인한 의지
의 표명인 것이다. 이를 시점으로 자식만큼은 가난
하게 살아야 하는 운명을 벗어나고 새로운 삶을 찾는
시야가 생기기를 간절히 바라는 의도인 것이다.

일생이 마디라서 부러질 줄 몰랐네
빳빳이 풀먹이고 단정히 펴 바르면
두어 평 남루한 마루 알록달록 환했네

천조각 뜯어내어 상처들 덮은 무늬
상웨떡 담긴 모습이 꿈처럼 번지는 건
자식들 뒷바라지한 어머니 혼적이네

몇 번을 덧바르면 가난도 말라붙고
쥐오줌빛 얼룩들이 서성대다 멈출 때
무뜽에 졸음 한 짐을 들고 오던 겨울 햇살

- 「풀바른 구덕」 전문

  '천조각 뜯어내어 상처들 덮은 무늬/상웨떡 담긴 모습이 꿈처럼 번지는 건/자식들 뒷바라지한 어머니 혼적'인 위의 시 「풀바른 구덕」에서 가난을 덧바르며 살아온 나날들이 곧, 어머니의 '남루한 삶을 벗어나고픈 마음'이었던 것이고 추운 겨울에 햇살처럼 비춰지는 것이다.

  '나무들도 보이고 팔십 평생 겹겹이 써 내려간 푸른 바다도 보이고 가끔씩 외롭지 말라고 새들도 찾아와 나 대신 말벗도 해주고 가는'(「어머니는 로열층에 삽니다」 중)

'중심이 된다는 건 누군가 기대는 곳/겨울날 코흘리개들 비석치기 모여들면/시멘트 덧댄 몸으로 모진 세월 버'텼던(「그 폭낭 아래」 중)

이렇게 어머니의 고단한 삶은 시인에게 아픈 기억으로 지금까지 덧나 있지만 부정적 푸념이 아닌 건강한 삶의 기둥으로 연연히 유전되어 온 것이며, 그 당시 어려운 삶의 한계를 벗어나는 지점 즉, 시점이었던 것이다.

2. 반응_오징어

시가 표현하는 감정은 주관적 반응이다. 그것은 처음부터 객관적 사실에 신경 쓰지 않는다. 환언하면 감정 자체의 객관적 타당성이 아니라 내적 감정의 발로인 것이다. 따라서 시인이 작품을 쓰거나 독자가 작품을 통해 수용하는 감정은 단지 복사된 감정이 아니다. 오히려 나름대로 새롭게 정서를 환기시켜 행동까지 변화시킨다. 들뢰즈(Gilles Deleuze)는 이러한 행위를 '존재 역량의 변화를 가져오는 예술 행위'라 표현하였다. 이 말은 시가 단순히 어떤 감정이나 느낌, 예컨대 자연의 아름다움이나 가족의

소중함 또는 사랑하는 사람에 대한 정서적 유대 등
등, 무의미하지 않은 정서를 일으켜 주는 데만 그치
는 것이 아니라 지금까지와는 다른 '정서의 동요'를
일으켜 삶에 새로운 의미를 창출하는 데 일조한다
는 것이다.

      내 삶은
      거친 물살 지나간 물밑이다
      빨랫줄에 켜켜이
      배어 나온 소금기는
      조금씩
      빠져나갈 뿐
      억하심정 하나 없네

      인생은 바다였다
      망망한 순간 여행
      울고 웃는 인간사 미련이야 없으랴만
      한 번쯤
      기억상실중에
      걸리고도 싶었다

      나도
      메말라가는 연체동물 같았다

꿈 하나 사랑 하나
혼신으로 찾다가
자구내 가을바람에
추억마저 비운다
　　　　　　－「오징어 말리는 시간」 전문

　용수리 바닷가를 따라 오징어가 빨랫줄에 달려 갯바람에 소금기가 빠지며 말려진다. 이렇게 말린 오징어는 관광객에게 팔린다. 이러한 객관적 사실은 아무런 흥미를 유발하지 않는다. 무관심한 삶의 부분일 뿐이다. 이 일상을 시인은 '죽은 것'으로 파악하지 않고 '담담한 죽음의 미'로 승화시키고 있다. 억하심정 하나 없이, 고단한 삶의 기억상실증자처럼, 꿈 하나 사랑 하나에 목숨을 내놓은 처절함을 우리네 삶에 투영시켜 작가와 독자의 삶의 틈새에 작지만 파고들고 있다.
　이러한 시도는,

　내 방엔 매일 듣는 라디오 있습니다
　밤 열시만 넘으면
　어김없이 노크하는
　몸 낮춘 세상 소요를 꿈결에서 듣지요

정해진 채널 외엔 관심이 없습니다
절로 절로 드나드는
놓아버린 마음처럼
늦도록 흔들림 없이 다가오는 주파수

주파수 그 건너에 슬픔이 있습니다
아련한 내 잠결 속
눈물이 스며들어
날마다 무명 베갯잇 얼룩져 있습니다
- 「주파수」 전문

　이 시에서처럼 밤 열 시만 넘으면 시인의 아련
한 꿈결로 초대되며 눈물을 길어 올린 기억이 추억
으로 변화되며 시인의 주관적 반응이 깨어나는 것
이다.

당산봉 뻐꾸기는 거짓말 않습니다
때까치 휘파람새 멧비둘기 꾀꼬리
아늑한 누구의 집도 들어가지 않지요

당산봉 뻐꾸기는 울지를 않습니다
뻐꾹뻐꾹 뻑뻐꾹 뻐꾹뻐꾹 뻑뻐꾹
숲 밖에 살고 있는 님 부르기만 합니다

당산봉 뻐꾸기는 내 안에서 삽니다
갈 수 없어 보고파 불러보는 뻑뻐꾹
외로운 산벽 메아리 되돌리며 삽니다

기다림의 절부암도 가파른 생이기정도
숨어서 짝 부르는 뻐꾹뻐꾹 소리에
수평선 먼먼 끝자락 슬몃 훔쳐봅니다
　　　　　　　　 -「당산봉 뻐꾸기」 전문

　이 「당산봉 뻐꾸기」에서는 사실 왜곡을 통한 정
서 환기를 꾀한다. 뻐꾸기 생태는 남의 둥지에 제
알을 두고 부화를 시키는데 당산봉 뻐꾸기만 예외
라는 것이다. 왜 그럴까. 제주시 한경면 고산리 산
15, 높이 148m인 당산봉은 전형적인 말굽형 오름
이다. 정상 아래쪽에 고산평야와 차귀도 앞바다가
절경이다. 이런 풍광에서 살고 있는 뻐꾸기는 남의
것을 훔치거나 들이댈 필요가 없다고 너스레 떠는
것은 아름다운 곳에 사는 사람은 아름다울 수밖에
없다는 자기애의 명분을 쌓고 있는 것이다. 여기에
서, 김신자 시인은 모든 일상 속에서 시심이 자연스
레 반응하고 있다는 것을 느낄 수 있다.

3. 천착_모성

시인의 기억은 제주해녀의 모성적 세계이다. 시
집 속 20여 작품이 제주해녀를 소재로 삼고 있다.
그래서 새롭지 않다. 그럼에도 불구하고 시인이 제
주해녀에 천착하여 작품을 쓴 것은 이유가 있다.
제주해녀가 바로 시인의 어머니이기 때문이다. 처
음에 언급한 대로 시인은 모성적 세계관의 미세한
균열에 두려움과 우려를 갖고 있다. 그래서 온전한
제주의 모성을 보전하려는 욕망이 고개를 쳐든 것
이다. 시인의 사유와 가치가 근간하는 뿌리는 뚜렷
이 '제주뿐이다'라고 강변하며 서정의 떨림과 리듬
의 곡예를 '끈질김'과 '비움'의 두 가지 주조음으로
모성적 세계를 변주하고 있고, 김신자 시인의 타고
난 시적 감성과 어우러지며 바닷가의 모든 정서가
표출되는 것이다.

숨비소리 한 구절
물 위에 뿌려두고
또다시
물 아래 침묵
빗창이 깨뜨린다
끈질긴

참전복 하나
곱숨비질 하라네

- 「제주해녀·1」 전문

　자연산 전복은 값이 꽤 나간다. 그래서 해녀는
시야에 전복이 들어오면 물 위로 얼른 나와 숨을 내
쉰 뒤 다시 물속으로 들어가서 채취한다. 곱숨비질
도 마다하지 않고 따낸 끈질긴 참전복, 그렇다고 해
도 해녀의 끈질김 앞에서는 도리 없다. 미역도 그
렇다. 미역 해경하는 날엔 망사리마다 미역을 채취
하여 널고 말린다. 이렇게, 시인의 시적 의도는 현
장을 증언하며 생명들의 끈질김을 시 속에 담아놓
는 것이다.

늘비하게 벌여놓고
바다가 봄을 판다
우영팟 한 마지기 산
미역귀의 새 농사
어머니 질긴 물구덕
오일장을 향한다

- 「제주해녀·4」 전문

미역귀를 하나하나 따로 잘라내어 '**미역귀의 새 농사/어머니 질긴 물구덕/오일장**'에 팔러가는 상황을 순서대로 펼쳐놓은 것이다. 이러니 어머니의 몸이 성할 때가 없다. 특히 손과 무릎은 상처에 상처투성이다. 이렇게, 시인은 끈질긴 어머니의 삶을 세상에다 그려놓는 것이다.

생은 늘 쳇바퀴 속
그 끝을 잊고 산다
상처가 덧나는 건
애써 잊고 산다는 것
굴곡진 상군해녀는
내공이 들앉았네

— 「제주해녀·7」 전문

또다시 물질 가면
양로원 데려간대
며느리 아들 손자
아무리 협박해도
바다에 물질 안 가면
사는 것 같지 않아

양로원에 가느니

물할망 만나러 간다
호오이 날숨소리
넓미역에 둘러감고
먼 길로
날 데려다줄
용수바다 물할망

-「제주해녀·10」 전문

　'**생은 늘 챗바퀴 속/그 끝을 잊고 산다/상처가 덧나는 건/애써 잊고 산다는 것**', 그래도 해녀는 물질을 나간다. 걱정스런 마음에 자식들이 '**또다시 물질 가면/양로원 데려간대/며느리 아들 손자/아무리 협박해도/바다에 물질 안 가면/사는 것 같지 않**'다며 자식들의 걱정을 애써 얼버무린다. 자신을 저승세계로 데려다 줄 물속 유령 물할망을 만나는 한이 있더라도 지금 생애에서 만난 숙명을 거부하지 않겠다는 것이다. 그렇다고 어머니가 물질 나가지 않는 날이라고 편히 쉬던가. 아니다. 오히려 밭일까지 보태느라 그 끈질김이 더 부산했을 것이다.

　　물질 없는 날 해녀들은
　　밭에서 품을 판다
　　해녀만큼 독한 이는

어디도 없을 거야

각시가

제일 겁난다는

지샛개 성환이삼춘

살기가 편했으면

억척을 부렸을까

물일이 생각대로

호락호락 하던가

나에게

맡겨진 물숨

전사처럼 사는데

―「제주해녀·15」 전문

그래서 어머니는 스스로 '해녀만큼 독한 이' 없다고 말한다. 끈질기지 않고는 지독한 가난 앞에서 자식들을 어떻게 먹여 살릴 수 있느냐며 반문한다. 이렇듯 제주해녀들은 '끈질김'이 달라붙은 삶을 운명으로 여기면서 동시에 이 문지방을 넘어가면 좋은 날이 올 것이라는 불확정적 유토피아를 꿈꾸고 있는 것이다.

항곱산 뒤꿈치를
찬찬히 바라보며
망사리는 헤벌쭉
배고픈 입 벌리고

두둥실
나이롱 테왁
울렁증을 버티네

용왕님 품은 물건
훔쳐 나올 때마다
노여움 없으시라
언제나 싱싱하라

걸머진
젊음 한 짐씩
부려두고 온다네

- 「제주해녀·16」 전문

'**어머니 살과 뼈로/태왁은 둥둥 운다/버릴까 내려놓
을까**'(「제주해녀·8」)에서부터 망설이면서도 결국 모든
걸 내려놓고야 편해진다고 암시했던 어머니. '**용왕
님 품은 물건/훔쳐 나올 때마다/노여움 없으시라/걸머**

진/젊음 한 짐씩/부려두고 온다'(「제주해녀·16」)에서는
이렇게 한평생의 욕망을 차츰차츰 비워내다 보니,

비운 숨 또 마시고 드는
해녀의 발끝 보며
차츰 더 외로워지는
가을가지 순비기
통통배
가난 가득 싣고
비워내려 떠난다

싸늘한 갈바람이
물결을 할퀴어도
곤두서서 숨 참는
간조의 깊은 물속
누구랴
저 물창 바쁜 손
눈물꽃 피고 진다

- 「제주해녀·19」

'끈질김'으로 불확정적 유토피아를 꿈꾸었지만
그것은 오로지 자식들에게 모든 것을 주려는 행위
이다. **'통통배/가난 가득 싣고/비워내려 떠난다'** 즉, 자

신이 얻은 결과물을 남김없이 자식에게 채워주려
는 욕망이다. 이 욕망을 제주해녀에게 '비움'으로
망설임 없이 채용할 수 있지 않겠는가.

　　　내 목숨이 나올 땐
　　　가장 어린 나이였지
　　　이제는 나이 많은
　　　노인이 돼 버렸어
　　　이상해, 세월이란 게
　　　하룻밤 꿈만 같아

　　　여든다섯 때까진
　　　살고 싶던 그 삼촌
　　　일선 해녀 노해녀
　　　여든두살 이른 봄에
　　　꽃테왁
　　　바다에 두고
　　　먼길을 떠나셨네

　　　　　　　　　　　　- 「제주해녀·20」

　　　生과 死의 문턱에서 일련의 겪어온 일생을 반
추한다. 삶의 울타리에서는 자식이 피난처이며 행
복한 사라짐의 방이었고, 우회보다 직진으로 살아

온 날이 후회 없다며, 오히려 자식들이 있어 고맙다는 어머니. 마치 제 새끼들을 위해 육신까지 먹이로 내주고 사라지는 염낭거미처럼, 그 '끈질김'과 '비움'의 엇갈린 마주침에서 우리는 제주해녀에 대한 정동(情動)을 고스란히 짚어볼 수 있다.

김신자 시인의 문장은 실체가 사라져도 기억이 또렷한 역설에 충실하다. 이제 사진 속 어머니는 곁에 없지만 어머니란 단어는 영원히 사라지지 않는 것과 같다. 그만큼 시인의 경험 속에서 오랫동안 어머니만을 위한 기억의 방을 보전했기 때문일 것이다. 그것은 '작대기로 탁탁탁 털어낸 참깨'처럼 흩어진 시간에 한순간도 손을 놓지 않았기 때문이다. 아니 어머니 기억을 짊어져야 할 운명이며, 그것을 자기 삶의 풍경으로 두고 그 순환적 생명관을 좇으며, 어머니의 삶과 늘 교접하며 살고 싶은 것이다.